A LORD GUIZOT

LES

ANGLAIS RECONNAISSANS.

Imp. de Mme De Lacombe, rue d'Enghien, 12.

A LORD GUIZOT

LES

ANGLAIS RECONNAISSANS,

SUIVI DE

LA VIE DE JOHN BULL,

PAR JOHN BULL.

> Consolez-vous, Seigneur, des haines des Français,
> Vous avez un refuge en l'amour des Anglais.

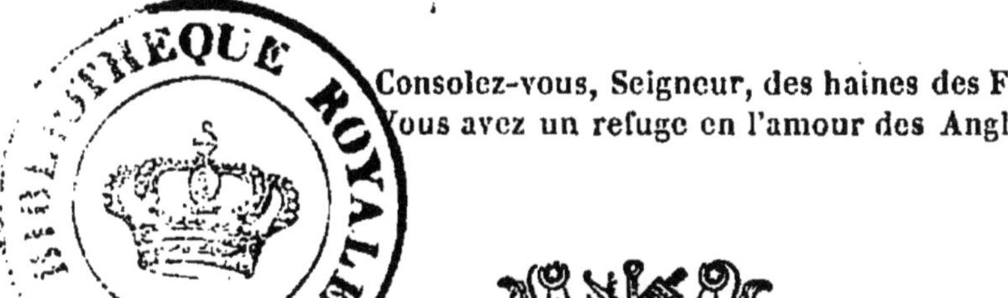

PARIS.

ALBERT FRÈRES, EDITEURS,

Rue Richelieu 67.

1846.

VIE

de

JOHN BULL.

———o❦o———

Voici un nom, lecteurs, que vous connaissez bien, mais n'allez pour cela penser que vous me connaissez, vous vous tromperiez. Pour ne pas vous tenir plus long-temps en suspens, et pour ne pas vous exposer à penser de travers, je vais commencer.

Je suis l'âme damnée de M. Guizot, il ne fait rien sans moi... Savez-vous pourquoi ? assurément non ! Si vous pensez que c'est parce que je l'aime beaucoup, jamais vous ne vous êtes trompé aussi fortement. Ne pensez pas non plus que ce soit parce que M. Guizot m'a sauvé de quelque péril, ou parce qu'il m'a rendu quelque service ; vous vous tromperiez encore. — Mais, pourquoi, alors ? — Eh ! mon Dieu, notre siècle est si calculateur ! C'est tout simplement parce qu'il m'a fait beaucoup de promesses, il me doit beaucoup, je veux rester à son service jusqu'à ce qu'il m'ait payé. Voilà tout. Après cela, ma foi, je le laisserai ! et il tombera, il ne sera plus ministre, car c'est moi qui suis son plus ferme soutien ; mais le rusé sait bien ce qu'il fait, il me promet toujours de plus en plus, et ne me paie jamais. A ce compte-là il ne perd pas grand'chose, et je ne gagne rien.

Oh! mon histoire est bien singulière, allez! c'est à ne pas y croire. Tenez, moi qui vous parle, moi, John Bull, je devrais être bien tranquille à labourer mon petit champ avec deux beaux bœufs blancs comme ceux que chante Hoffmann, aux Variétés. Et cela, où? Dans la tranquille Normandie. Tout incompréhensible que cela vous paraît, c'est pourtant bien vrai. Mon malheur est d'avoir possédé une petite pièce de terre tout auprès du val Richer...

J'étais voisin de M. Guizot. Or, un jour, ce bon monsieur vint me trouver d'un air patelin. Dis donc, Jean, me dit-il (car je m'appelais Jean alors), aimerais-tu bien à posséder un beau château comme le mien! Ah! monseigneur excellent, lui dis-je, ce serait trop beau pour moi, ce n'est pas la peine d'y penser. Alors, mons Guizot, voyant que je mordais à l'hameçon, me dit : Si tu veux te mettre à mon service, je te donnerai ma terre du val Richer... Je bondis de surprise... il n'eut pas l'air de s'en apercevoir et continua : En outre, tu auras cinquante mille livres de rente pour vivre à l'aise sur tes vieux jours... Je faillis tomber à la renverse, il fit semblant de ne pas s'en apercevoir et ajouta : Pour tout cela, je ne veux qu'une chose, il faut que tu signes un pacte avec moi, pour me servir dans les entreprises les plus difficiles et les plus périlleuses. Ebloui, je signai le pacte avec ce véritable diable. Depuis lors, hélas !.. je fus obligé de changer de nom ; au lieu de Jean, M. Guizot m'appela John Bull, en disant que ce nom serait convenable à ce qu'il exigeait de moi. Ensuite, cet incomparable ministre, qui sait mieux l'anglais que les Anglais eux-mêmes, me donna des leçons six fois par jour, jusqu'à ce que je fusse en état de le savoir aussi bien que lui. Après cela, il m'apprit le français que j'avais tout à fait oublié dans sa société ; puis, un beau jour il me frappa sur l'épaule et me dit : John Bull ! Sir, répondis-je. John Bull, dit-il, ton service va commencer. Cours en Angleterre, tu prendras des chevaux tout le long du chemin et tu les crèveras pour aller plus vite. Tu iras demander à Robert Peel, mon cousin, s'il a besoin de quelque chose. Ensuite tu te mêleras parmi le peuple pour examiner ses besoins les plus pressans ; après quoi, tu reviendras ventre à terre. Yes, milord, répondis-je, et je partis. Je courus, je revins, mon maître fut content. Bientôt, il me confia des choses plus importantes, sans jamais rien écrire de peur de se compromettre. De la sorte, je gagnai tout à fait la confiance des Anglais, et je devins un être amphibie, moitié Anglais, moitié Français, différant en cela de M. Guizot, qui est devenu Anglais tout à fait.

Cependant voilà déjà longtemps que je sers, j'ai besoin de repos, et si M. Guizot ne me paie pas, je me vengerai, je publierai tout ce qu'il m'a confié ; mais comme on obtient tout de lui par la peur, je pense qu'il ne me donnera pas cette peine-là. Venons au fait, maintenant, c'est déjà une vengeance que d'avoir publié mon histoire, et M. Guizot doit commencer à trembler : qu'il se rassure pourtant, s'il me paie, je me tairai. Il y a quelques jours, me trouvant à Londres sur la place du marché, je fus tout à coup entouré par le peuple qui criait : vive Guizot ! Je m'inclinai pour remercier au nom de mon maître ; alors, le plus apparent de ceux qui m'entouraient vint me trouver et me dit : John Bull, nous te connaissons et nous t'aimons parce que tu penses comme nous.

Eh ! bien ! nous venons te prier de rédiger en notre nom une adresse de remercîmens à M. Guizot, pour tous les bienfaits qu'il nous a accordés. Le travail est un peu long, répondis-je, mais j'abrègerai un peu : l'essentiel, d'ailleurs, ce sont les sentimens de reconnaissance que vous exprimez. Aussitôt un tonnerre d'applaudissemens couvrit ma voix, et l'on me reconduisit chez moi en criant : Vive Guizot !

C'est cette adresse que je publie aujourd'hui, comme commencement de la reconnaissance anglaise qui surpasse de beaucoup celle des Français... pour M. Guizot.

JOHN BULL.

A SON EXCELLENCE

LORD GUIZOT,

SEIGNEUR DU VAL - RICHER ET AUTRES LIEUX.

Excellence,

Puisse vivre à jamais votre nom dans l'histoire !
Que vos derniers neveux, couverts de votre gloire,
De nos petits-enfans viennent chercher l'amour
Si par l'ingratitude ils sont bannis un jour !
Vos sublimes vertus, dans la belle Angleterre
Vous méritaient d'ouvrir les yeux à la lumière ;
Mais si nous n'avons pas l'incomparable honneur
D'avoir vu dans nos murs naître votre Grandeur,

Notre reconnaissance, oubliant les frontières,
Sait admirer en vous le plus tendre des pères ;
D'un vrai compatriote elle entend les accens
Lorsque vous prononcez vos discours bienfaisans ;
Le pauvre vous bénit en son humble cabane,
Et tandis que le peuple avec fureur condamne
Nos ministres jaloux de notre liberté,
Il rend avec amour à votre humanité
Dans les plus doux transports le plus sincère hommage:
Un million de voix vous rend ce témoignage.

Consolez-vous, Seigneur, des haines des Français,
Vous avez un refuge en l'amour des Anglais ;
Le jour qu'ils mettront fin à votre ministère,
Venez, venez chercher le même en Angleterre !
Oui, pour récompenser vos bienfaits éclatans
Nous saurons écarter les lords les plus puissans,
Et placer en vos mains ce même portefeuille !
Faut-il vous rappeler tous les dons que recueille,
Grâces à vos bons soins, le peuple d'Outre-Mer?
Dans notre beau pays, que les vapeurs de l'air
Couvrent d'une fumée assombrie et malsaine,
A peine le soleil vient éclairer la plaine.

Cérès n'ose jamais donner à nos moissons
La richesse qu'en vain d'elle nous implorons;
Bacchus, sourd à nos vœux, refuse à notre treille
Le bienfaisant liquide à la couleur vermeille ;
Nos poules, subissant du climat les rigueurs,
En vain pour mettre au jour attendent les chaleurs ;
Nos vaches sont sans lait dans nos verts pâturages ;
Bref, nous, pauvres Anglais, nous si bons et si sages,
Dans notre beau pays nous n'avons rien de bon :
Tous nos fruits sont gâtés, de la prune au melon.

Nous étions donc réduits à vivre de salade
Lorsque Votre Grandeur nous vint en ambassade ;
Aussitôt tout changea, votre cœur plein d'amour
Résolut de donner à notre froid séjour
Les trésors refusés par l'avare nature.

Il est un beau pays, plein de fleurs, de verdure,
Où Phœbus tempéré verse des moissons d'or ;
Où le cerf qui s'enfuit aux sons bruyans du cor
Parcourt en liberté les forêts verdoyantes ;
Où le bœuf engraissé dans des plaines charmantes,

Pressé par l'aiguillon du laboureur actif,
Ou conduit au boucher, menaçant et rétif,
Entr'ouvre les sillons et va nourrir les villes ;
Où la poule, guidant ses nourrissons dociles,
De ses œufs chaque jour apporte le tribut ;
Où croît un vin meilleur qu'Anglais jamais n'en but ;
Ce pays enchanteur, où régnait l'abondance,
C'était. . . . votre pays, c'était la belle France.
Les Anglais sont-ils donc moindres que les Français,
Pour qu'ils ne jouissent pas de semblables bienfaits ?
Non ! non ! vous dites-vous, ce serait injustice !

Quoi ! Dieu regarderait d'un œil tendre et propice
Cette France rivale et moins sage que nous !
La nature y versant ses trésors les plus doux,
Laisserait l'Angleterre avec son sol aride
Et son sauvage spleen et son climat humide !
Non ! non! Votre Excellence avait trois fois raison,
Dieu ne se montrait pas envers nous assez bon.

Mais, dans la France alors, un cœur dur, un vrai cuistre
Tenait tant bien que mal votre emploi de ministre ;

Il vous fallut attendre un léger coup de vent
Qui renversât l'esquif et noyât l'imprudent.
Le vent souffla bientôt, et dans votre nacelle
Ce même vent enfla votre voile nouvelle.
Depuis lors, naviguant sur les flots en courroux,
Vous avez su vous mettre à l'abri de leurs coups.
Nous connaissons l'effet de votre politique
Et nous admirons tous votre sage tactique.
De ce jour bienheureux qui vous mit au pouvoir
L'abondance chérie à Londres vint s'asseoir;
Le blé dont regorgeait la France turbulente
Vint sans peine enrichir notre ville indolente ;
A Paris, il est vrai, le peuple s'ameuta,
De la cherté du pain chacun s'épouvanta,
Mais vous sûtes montrer un visage impassible :
A l'orage grondant vous fûtes insensible ;
Et cette année encor qui nous privait de fruits,
Nous avons emporté les trésors de Paris ;
Les légumes nombreux sont venus sur nos tables
Enrichir nos dîners et nos plats confortables ;
A la halle, il est vrai, le peuple se battit.
Mais faiblement sa voix jusqu'à nous retentit.

Le soleil, cette année, a ri sur vos vignobles,
Mais le vin, ô Français, rend les humains ignobles,
Il ne faut pas souffrir qu'il vous puisse enivrer;
Excellence, aux Anglais vous saurez le livrer:
Français, vous n'en aurez pas plus qu'à l'ordinaire.
Croyez-vous que nous seuls buvant la froide bière,
Seuls, vous boirez le vin sans nous en faire part?
Alors, votre système est beaucoup en retard.

O bon Monsieur Guizot! notre reconnaissance
Ne finira pas même avec notre existence!
Que ne devons-nous pas à votre charité?
Sans vous, que deviendrait cette rivalité,
Qui de la France à nous met un immense abîme?
Hélas! nous l'avouons, sans votre amour sublime,
La France élèverait sa tête avec orgueil;
Peut-être que pour nous fabriquant un cercueil,
Votre gloire à jamais couverte par la sienne,
Fougueuse, ramperait sans ais qui la soutienne. . . .
Mais, non! Votre Grandeur ne le permettra pas!
Le Français à l'Anglais parlera chapeau bas!
Goddem! vous le voulez, que chacun obéisse!
Que le récalcitrant au même instant périsse!

Nous voyons tous les jours ces Français orgueilleux
Abaisser devant nous leurs caquets belliqueux ;
Oui, la France est rampante aux pieds de l'Angleterre !
La France n'ose pas nous déclarer la guerre
Lorsque nous insultons tout haut son pavillon !
Les Français sont bien loin de leur Napoléon !
Ils rampent maintenant à la face du monde
Afin de conserver la paix la plus profonde !
Afin de s'amollir dans un lâche repos,
Ils achètent fort cher de perfides pavots.....
Il est vrai, contre vous en secret ils s'indignent...
Dans l'ombre contre vous avec rage ils s'alignent :
Mais que peuvent leurs coups sur votre fermeté ?

Pour nous, vos bons amis, taisons la vérité,
Ne leur apprenons point que de votre sagesse
L'effet le plus certain est le coup qui les blesse ;
Qu'ils ignorent toujours votre amour, vos bienfaits,
Et l'ardeur qu'ont pour vous vos fidèles Anglais !
Des petits fonds secrets de la liste civile
N'apprenons point l'usage à leur fougue incivile !
Nous ne trahirons point notre cher bienfaiteur
Comme nous trahissons toujours les gens de cœur.

Nous savons que pour nous il n'est rien qui vous coûte,
Et qu'il n'est aucun coup que votre cœur redoute,
Lorsque notre intérêt l'exige hautement;
On vous voit tout en feu, plein d'un saint tremblement,
Lorsqu'il s'agit de nous et de notre bien-être . . . .
Qui pourrait en gloser ? n'êtes-vous pas le maître ?
Quand vous vous attachez à prévenir nos vœux,
C'est par philanthropie et pour nous rendre heureux !

Allez, Monsieur Guizot ! laissez la France dire ;
Contre Votre Grandeur laissez chacun médire,
Nous apprécions tous votre constante ardeur
Et nous vous réservons le char triomphateur.

Excellence chérie ! ah! vivez sans alarmes !
Votre bonté pour nous nous arrache des larmes. . .
Nous vous remercions de vos bienfaits passés,
De ces bienfaits nombreux l'un sur l'autre entassés,
Efforts toujours heureux d'une âme magnanime.
C'est aujourd'hui surtout que l'amour nous anime !
Aujourd'hui que Paris, de murs environné,
Doit craindre les canons s'il se montre obstiné ;

Aujourd'hui que la Chambre est une succursale
De celui qui créa l'entente cordiale ;
Aujourd'hui qu'impassible et fière sur son banc
La Chambre guizotine est un vrai vol-au-vent,
Qui vote comme vous, sans arrière-pensée ;
Aujourd'hui..... de bonheur notre âme est oppressée !
Tout ce que nous voudrons, votre cœur paternel
L'apportera bien vite au pied de notre autel,
Et si quelqu'opposant cherche à se faire entendre...
Par un noble silence il faudra le surprendre
Et le forcer lui-même à demeurer sans voix ;
C'est ainsi qu'on vous vit agir plus d'une fois,
Lorsqu'en notre faveur agit Votre Excellence :
Dans ces momens fameux, de douce souvenance,
Du trône de Belgique, et de Dupetit-Thouars,
Ce malheureux félon qui condamnait Pritchard's....
Oh ! c'est une action d'éternelle mémoire
Et qui vivra chez nous autant que notre gloire !

Bientôt, nous l'espérons, exauçant tous nos vœux
Vous nous vendrez aussi l'honneur de leurs aïeux ;
Mais avant, il nous faut accorder l'Algérie....
Ce pays ne doit point plaire à votre patrie,

Aussi, nous prétendons avant peu l'obtenir.
Les Français vous diront que pour la conquérir
Ils ont versé leur sang aux ronces de la route...
Mais vous vous souviendrez qu'il faut qu'on nous redoute,
Nous voulons avant peu prendre Madagascar,
Nous l'aurons malgré tout, le fait est certain, car,
Nous vous défendons, nous, d'empêcher cette affaire !
Mais pourquoi prendre un ton qui n'est pas nécessaire ?
Après tous les bienfaits que nous avons reçus...
Ce serait être ingrat qu'appuyer là dessus.
Notre reconnaissance est pour vous sans limites.
Que sont auprès de vous les Thiers et les Laffittes ?
Des zéros sans valeur... que vous faites valoir.
Pour que vous accordiez, nous n'avons qu'à vouloir ;
Aussi, nous attendons qu'un coup de la fortune
Vous emporte en tournant dans sa roue importune,
Alors, nous vous dirons : Venez, Monsieur Guizot,
A Londres, de Paris faites un léger saut,
Et vous retrouverez ce que l'on vous enlève !
Hâtez-vous, cependant, car en place de Grève,
On pourrait vous prouver que messieurs les Français
Vous aiment beaucoup moins que messieurs les Anglais.

Dès qu'à Londres chacun saura votre arrivée,
La ville par vos soins à l'honneur conservée
A grands cris chantera l'hymne de liberté;
Puis quand tous à l'envi vous auront bien fêté,
On vous élèvera sur la place publique,
Comme remerciment de votre politique,
Un pompeux monument aux frais des citoyens,
(Un ministre pourtant dira que c'est aux siens).
Vous serez à genoux sur la carte de France
A celle d'Angleterre offrant votre assistance,
Essayant d'agrandir ses trop étroits contours,
Et des Français, pour ce, réclamant le secours.

Courage donc, Seigneur! l'Europe vous contemple!
Et notre vieille Europe est un immense temple,
Où chaque homme célèbre a son rang assigné ;
Le vôtre dès long-temps, Seigneur, est désigné,
Les peuples l'ont marqué d'un trait que rien n'efface :
C'est entre Fox et Pitt que sera votre place.

ALBERT FRÈRES, ÉDITEURS.

EXTRAIT DU CATALOGUE.

—

BERTHE-BERTHA, roman poétique, par Madame d'Altenheym, Un beau volume, 2e édition. . . 7 50

MÉMOIRES d'un Enfant de la Savoie, avec une préface par Béranger, in-18, 2e édition, presque épuisée. 3 50

ESSAIS du prince d'Israëli, un joli volume in-18 format Charpentier 2

LE NICTALOPE, poésies par J. Cournier, 2e édition, format Charpentier. 3 50

CODE des Jésuites, 9e édition, in-18. 50

FEU TIMON, in-32. G. Dairnvæll. 3e ed. Epuisée. 1

TRÈS-HUMBLE RÉPONSE A TIMON, par le même. in-32 Épuisé. 2

LA MAISON D'ORLÉANS, in-32. 50

L'EXPULSION DES JÉSUITES, in-18. . . . 50

MINISTÈRE ANTI-NATIONAL, in-8o. . . . 50

DANIEL O'CONNELL, in-18. 50

PÉLERINAGE DU MONDE, in-18 . . . . . . 3 50

GUERRE AUX FRIPONS, in-18 Cazin, 3e édition. 30

ÉOLIENNES par Gabriel Lhéry, in-18. . . . . 2 50

BIOGRAPHIE satyrique des Députés de la nouvelle Chambre, par Satan. 50

QUE FAIRE DE LA FRANCE? ou du Gouvernement selon le temps. 50

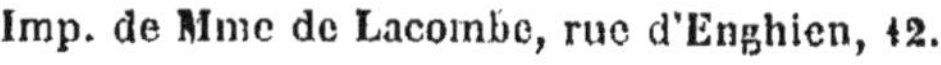

Imp. de Mme de Lacombe, rue d'Enghien, 12.

www.ingramcontent.com/pod-product-compliance
Ingram Content Group UK Ltd.
Pitfield, Milton Keynes, MK11 3LW, UK
UKHW020536180726
13839UKWH00006B/2548

9 782329 152783